Baobab heißt der Affenbrotbaum, in dessen Schatten sich die
Menschen Geschichten erzählen. Baobab heißt auch die Buchreihe,
in der Bilderbücher, Kindergeschichten und Jugendromane
aus Afrika, Asien, Lateinamerika, Ozeanien und dem Nahen Osten
in deutscher Übersetzung erscheinen. Herausgegeben wird
sie von Baobab Books, der Fachstelle zur Förderung kultureller
Vielfalt in der Kinder- und Jugendliteratur.

Baobab Books dankt terre des hommes schweiz und zahlreichen
weiteren Geldgebern, insbesondere dem Bundesamt für
Kultur, von welchem der Verlag einen Strukturbeitrag für
die Jahre 2016–2018 erhält.

Informationen zu unserem Gesamtprogramm und
unseren Projekten finden Sie unter **www.baobabbooks.ch**

Melba Escobar de Nogales

DAS GLÜCK IST EIN FISCH

Eine Erzählung aus Kolumbien

Illustrationen von Elizabeth Builes
Aus dem Spanischen von Jochen Weber

BAOBAB BOOKS

Die Übersetzung aus dem Spanischen wurde vom
SüdKulturFonds in Zusammenarbeit mit
LITPROM e. V. – Literaturen der Welt unterstützt.

Das Glück ist ein Fisch

Text © 2014 Melba Escobar de Nogales
Illustration © 2014 Elizabeth Builes
Übersetzung aus dem Spanischen: Jochen Weber
Lektorat: Sonja Matheson
Gestaltung: Schön & Berger, Zürich
Druck: DZA Druckerei zu Altenburg GmbH, D-Altenburg
ISBN 978-3-905804-83-6

Die Originalausgabe erschien 2014 unter dem Titel
Johnny y el mar bei Tragaluz editores, Medellín.

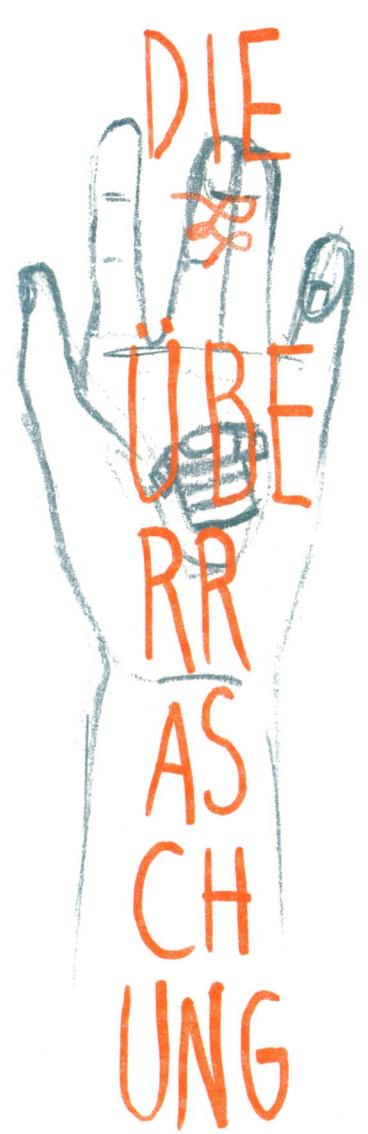

DIE ÜBERRRASCHUNG

Pedro war so glücklich, dass er nicht mehr in seine Kleider passte. Seine Mutter musste ihm vor der Reise eine neue Hose, Shorts und Turnschuhe in Größe 32 kaufen. An seinem zehnten Geburtstag vor einer Woche hatte sie ihn überrascht:

»Jetzt wirst du endlich das Meer sehen.«

Obwohl Pedro in dieser Nacht kein Auge zutat, wuchs er mehr als einen halben Zentimeter. Er sah nicht, dass er wuchs. Er spürte nur, dass ihm nach der doppelten Portion Schweinefilet mit Kapern der Bauch wehtat. Aber das war ihm genauso egal wie der Krampf in seinem linken Bein. Und zum ersten Mal in dieser Woche fragte er sich nicht, ob sein Vater wirklich immer noch auf Dienstreise war. All das machte ihm nichts aus. Er würde das Meer sehen! Da fand er es nicht einmal mehr schlimm, dass er der Kleinste in seiner Klasse war.

Die folgenden Nächte vergingen im gleichen Schneckentempo. Immer wieder zählte Pedro die Sterne,

Planeten und Kometen, die von der Decke seines Zimmers hingen. Im Traum erschienen ihm Muränen, Riesenmantas und Barrakudas. Morgens nach dem Aufwachen fühlte er sich so seekrank, dass er erst einmal das rechte Bein aus dem Bett strecken und mit dem Fuß auf dem Teppich ankern musste.

»Sieh mal, wie du gewachsen bist. Wir werden dir etwas zum Anziehen kaufen müssen«, sagte seine Mutter zwei Tage später.

Wenn er traurig war, wuchs Pedro nicht. Selbst wenn er eine dreifache Portion Spaghetti oder Schweinefilet mit Kapern aß. Dass er glücklich war, konnte man an den zwei Zentimetern erkennen, die er in dieser Woche gewachsen war. Wenn es so weiterging, würde er Ulloa bald einholen. Diesen Holzkopf.

In der Schule erzählte er jedem, dass er auf eine Insel in der Karibik fliegen würde, wo es Piraten gab und Fische aus allen Meeren der Welt. »Und das Meer dort hat sieben Farben«, fügte er flüsternd hinzu, als wäre es ein Geheimnis.

»Red keinen Quatsch, Flórez«, sagte Ulloa wie aus der Pistole geschossen. »Ich war schon mal auf dieser Insel. Da ist das Meer wie überall. Und merk dir: Es gibt keine Piraten.«

Um die Sache nicht noch schlimmer zu machen, hielt Pedro den Mund. Die anderen Kinder lachten und tätschelten seinen Kopf, als ob er ein Chihuahua wäre.

Dass Ulloa keine Ahnung von den Farben des Meeres hatte, stellte Pedro fest, als er eine Woche später aus dem Flugzeugfenster schaute. Das Meer, das er aus dem Fernsehen, aus Filmen und aus Büchern kannte, war einfach nur blau. Aber dieses Meer war ein wenig grün, ein wenig dunkelblau, ein wenig hellblau und noch viel mehr.

Wegen der anderen Sache fragte er lieber seine Mutter: »Mama, gibt es Piraten?«

»Selbstverständlich.«

»Bist du sicher?«

»Habe ich dich jemals angelogen?«

Pedro schaute eine Weile gedankenverloren aus dem Fenster, bis er eine Hand auf der Schulter spürte. Er drehte sich um. Seine Mutter sagte nichts, aber ihre blauen Augen, mit denen sie ihn wie ein Barrakuda fixierte, redeten mit ihm: »Du bist ein Entdecker. Warum findest du nicht selbst heraus, ob es auf der Insel Piraten gibt? Vielleicht lernst du ja einen kennen.«

Weil seine Mutter ihn einen Entdecker genannt und er das Meer gesehen hatte, war Pedro einen Achtelmillimeter gewachsen, als sie aus dem Flugzeug stiegen. Der Geruch von salzigem Wasser durchfuhr seinen Körper, als würde unter seinen Kleidern eine Trommel schlagen.

Auf einmal war ihm alles klar. Er musste die Frage jetzt stellen: »Mama, warum ist Papa nicht mitgekommen?«

»Können wir darüber reden, wenn wir im Hotel sind?«, antwortete seine Mutter ausweichend. Dann drehte sie Pedro den Rücken zu und unterhielt sich mit einem Mann.

Der war schwarz, ungefähr einen Meter achtzig groß und hatte eine raue Stimme. Er hieß Howard und sprach Englisch wie die Menschen an der Küste. Howard fuhr die beiden zum Hotel.

Bevor sie ausstiegen, fragte Pedro: »Hast du Englisch in Cartagena gelernt?«

Howard lachte laut. »Wir sprechen hier Kreolisch. Oder karibisches Englisch, wenn dir das lieber ist«, antwortete er auf Spanisch mit starkem Akzent.

Das Hotel bestand aus vier Hütten. Wie die anderen Gebäude der Insel waren sie aus Holz gebaut und in leuchtenden Farben gestrichen. Pedro und seine Mutter bekamen die blaue Hütte, von der aus sie das Meer sehen konnten. Es gab ein Einzelbett und ein Doppelbett. Ohne abzuwarten, ging Pedro zum Einzelbett. Im Zimmer war es plötzlich ganz still. Seine Mutter stand am Fenster und hatte ihm den Rücken zugedreht.

»Es ist schön, nicht wahr?«, sagte sie, während sie auf das Meer schaute.

»Wo ist Papa?«, fragte Pedro noch einmal. »Kommt er nicht wieder?«

Seine Mutter schien einen Kloß im Hals zu haben. Sie brachte keinen Ton heraus. Aber ihre Augen, in denen zwei Tränen standen, redeten: »Tut mir leid. Papa ist fort, aber ich wusste nicht, wie ich es dir sagen soll.«

Schon als kleines Kind hatte Pedro die Blicke seiner Mutter lesen können. Er musste sie nur ansehen und wusste Bescheid. Es war ein Spiel zwischen ihnen, manchmal unterhielten sie sich stundenlang nur mit den Augen. Sie erzählte ihm von dem Kokoskuchen, den sie gebacken hatte, und dass sie vor dem Essen ein Stück davon probieren könnten, ohne es Papa zu sagen. Und er erzählte ihr, ohne den Mund zu öffnen, dass Ulloa ihn an einem einzigen Tag zwölfmal »Zwerg« genannt hatte.

Doch diesmal sah er lieber in eine andere Richtung. Warum hatte sie nicht von Anfang an die Wahrheit gesagt? Warum hatte sein Vater es ihm nicht erklärt? Warum mussten die beiden ihn wie einen Idioten behandeln? Er war ein Kind, aber er war nicht dumm.

Vor Wut lief sein Gesicht dunkelrot an. Er hielt es nicht mehr aus, darauf zu warten, dass seine Mutter endlich etwas sagen würde. Er hatte schon zu lange gewartet. Und er war traurig. Seine Traurigkeit fühlte sich an wie ein Geburtstag ohne Geschenke, wie Weihnachten ohne Baum oder wie ein trüber Sonntag.

Pedro riss die Tür auf und rannte zum Strand, ohne sich ein einziges Mal umzusehen. Er rannte und rannte und rannte. Er rannte am Wasser entlang und wich dabei den Baumstämmen aus, die verstreut am Strand herumlagen. Je länger er rannte, umso weiter wurden seine Schuhe und Kleider. Wer ihn gesehen hätte, hätte einen Schreck bekommen, denn vor lauter Traurigkeit war Pedro auf einer Strecke von weniger als zwei Kilometern eineinhalb Zentimeter geschrumpft. Er wurde immer trauriger und lief immer weiter. Die Gedanken rasten durch seinen Kopf. Wahrscheinlich hatte seine Mutter seit Tagen geplant, ihm zuerst das Meer zu zeigen und ihm dann mitzuteilen, dass Papa nicht mehr bei ihnen wohnen würde. Er würde seinen Vater wohl nie mehr wiedersehen.

Er fragte sich, ob sein Vater der Böse und seine Mutter die Gute war. Oder umgekehrt. Das Meer war zu groß, um Mitleid mit ihm zu haben. Das Rauschen der Wellen war ihm unheimlich. Er hatte Angst. Irgendwann wurde er langsamer, dann blieb er stehen und blickte sich um.

um sich selbst zu finden
muss man erst verloren
gehen

Pedro war noch immer am Strand, aber wo genau, das wusste er nicht. Er sah ein paar Häuser, eine Kuh, eine Ziege, eine Weide, eine gelbe, eine grüne und eine rosafarbene Hütte mit drei Pflanzen und einem Balkon. Doch das Hotel war nicht zu sehen. Eine Krabbe umkreiste seine neuen Turnschuhe, die ihm jetzt zu groß waren. Es wurde dunkel. Was sollte er tun? Der Name des Hotels fiel ihm nicht ein. Er starrte auf seine Füße und befürchtete, immer weiter zu schrumpfen, bis ihn am Ende ein Hund, ein Huhn oder eine Krabbe verschlingen würde.

Er setzte sich hin und schaute aufs Wasser. Obwohl das Meer in der Dämmerung immer silbriger wurde, schimmerte es türkisblau, ultramarinblau, himmelblau, königsblau, preußischblau, cyanblau, und azurblau.

Als das Meer schließlich in der Dunkelheit verschwand, stiegen Pedro die Tränen in die Augen. Er fürchtete sich, aber die Müdigkeit war stärker. Er

wollte sich hinlegen und die Sterne betrachten wie
zu Hause in Bogotá, wenn er im Bett lag und nicht
schlafen konnte. Das Meer machte ihm Angst, aber
zugleich mochte er es. Die Geräusche dieses salzi-
gen Ungeheuers lullten ihn ein. Der sanfte Wind
und das Gemurmel des Wassers beruhigten sein
pochendes Herz.

Während seine Mutter in sämtlichen grünen, gel-
ben, rosa- und korallenfarbenen Hütten in der
Umgebung des Hotels nach ihm fragte, schlief
Pedro tief. Er träumte von einem Piraten mit langen
Haaren, Stiefeln, Holzbein, Hakenhand und Augen-
klappe, der das gleiche Englisch wie Howard sprach.
Der Pirat nahm Pedro mit auf sein Schiff und teilte
seine Schätze mit ihm.

Als er ein paar Stunden später aufwachte, gab es weder ein Schiff noch einen Schatz und auch keinen Piraten. Nur eine sternenklare Nacht mit einem Halbmond, der wie ein frisch geschnittener Fingernagel aussah. Pedro betrachtete den Mond. »Der Fingernagel Gottes«, dachte er und überlegte, wie groß Gott sein müsste, um einen solchen Fingernagel zu haben. Als er zu keinem Schluss kam, gab er auf. Er war vollkommen allein, hungrig und durstig, und er wusste weder, wo er war, noch wie er zum Hotel zurückfinden sollte.

In Wirklichkeit war er aber nicht allein. Die Sandmücken sirrten in sein Ohr, und die Leguane versammelten sich auf den Palmzweigen, die sanft im Wind tanzten. Er biss sich auf die Lippen, um nicht zu weinen, so wie er es tat, wenn Ulloa »Pedro, sei kein Feigling!« rief.

»Wohin soll ich gehen?«, überlegte er, stand auf und setzte sich in Bewegung. Es musste schon spät sein, denn in den meisten Häusern brannte kein Licht mehr. Auf einmal öffnete sich vor ihm ein kleiner Wald. An einem Baum sah er eine Mango hängen. Er wollte sie pflücken, aber so hoch er auch sprang, er erreichte sie einfach nicht. Vielleicht hatte er nicht bemerkt, wie stark er geschrumpft war, nachdem er so geweint hatte und fast zehn Kilometer gerannt war. Schließlich beschloss er, auf den Baum zu klettern. Er war so durcheinander, dass er dabei einen Schuh verlor. Außerdem hatte er einen solchen Hunger, dass ihm allein beim Gedanken an die Mango das Wasser im Mund zusammenlief.

Während er hinaufkletterte, um die Frucht zu pflücken, hörte er einen Schrei, der den Baum und die Erde erzittern ließ. Wie ein Stein fiel Pedro zu Boden.

»Dieb!«, rief eine raue Stimme, die in der Gestalt einer Laterne näher kam.

Pedro rappelte sich so schnell wie möglich auf und wollte gerade weglaufen, als er spürte, wie eine Kralle ihn am T-Shirt packte. Es war sicherlich eine Hakenhand.

»Glaubst du, du kannst einfach abhauen, du kleine Bergratte?«, fauchte ihn eine Stimme mit einem merkwürdigen Akzent an.

Als Pedro anfing zu weinen, lachte die Stimme: »*You cry like a baby.*«

Wenn jemand zu ihm sagte, er würde wie ein Baby weinen, musste Pedro jedes Mal noch heftiger weinen. Schließlich sagte der seltsame alte Mann mit der Laterne: »*No cry, baby.*«

Dann hob er ihn vom Boden auf und wiegte ihn wie ein Neugeborenes in den Armen. Pedro wand sich und wollte sich befreien, aber der böse Pirat ließ ihn nicht los und ging auf ein kleines Haus zu, das nur wenige Schritte vom Strand entfernt stand.

DER
MANN,

DER
MENSCHEN
NICHT AUSSTEHEN
KONNTE ~

Im Haus sagte der Mann mit einem Lächeln, das zwei Zahnlücken sichtbar werden ließ:»Willkommen in meinem *Shanty*.«

Pedro blickte sich nach allen Seiten um und überlegte, ob *Shanty* das englische Wort für Hütte war. Das kleine Holzhaus war vollgestopft mit Pappkartons, Plastiktaschen, einer alten Hängematte, einem Berg mottenzerfressener Bücher, einem Motorradreifen und einer Gaslaterne.»In diesem *Shanty* gibt es bestimmt jede Menge Ratten«, dachte Pedro.

»Heute Nacht bleibst du hier, junger Mann«, sagte der Pirat. Er sprach mit dem gleichen Akzent wie Howard.

»Oh nein, ich will nicht. Mama, bitte finde mich!«, dachte Pedro. Aber dann sagte er zu dem fremden Mann, dessen Gesicht er immer noch nicht erkennen konnte:»Okay, wenn Sie meinen.«

Er war so aufgeregt, dass er noch nicht einmal bemerkt hatte, dass ihm ein Turnschuh fehlte und dass er mindestens fünf Zentimeter und zwei Schuhgrößen geschrumpft war. Wahrscheinlich hatte er den Schuh verloren, als er vom Baum gefallen war. Jetzt konnte er unmöglich zurückgehen, um ihn zu suchen. Pedro war unglücklich, denn es waren die neuen Turnschuhe, die ihm seine Mutter vor der Reise gekauft hatte. Wie ein Schiffbrüchiger baumelte sein linker Fuß neben seinem rechten Schuh, der ihm jetzt vorkam, als wäre er nur geborgt.

Weil er sich plötzlich einredete, dass seine Mutter genau in diesem Moment draußen vorbeilaufen könnte, lehnte er sich weit über das Balkongeländer, um nach ihr Ausschau zu halten. »Ich bin so dumm«, schoss es ihm durch den Kopf. »Mama ist sicher ganz weit weg.«

Seine Mutter hatte in der Zwischenzeit ein paar Inselbewohner aufgetrieben, die ihr bei der Suche nach Pedro halfen. Mit Laternen ausgerüstet waren sie den Strand von einem bis zum anderen Ende abgelaufen und auch an der Stelle vorbeigekommen, wo Pedro geschlafen hatte. Am Rand des Waldes, wo der Mann mit der Laterne wohnte, sagte seine Mutter: »In dem Haus dort brennt Licht.«

»Ja, aber da wirst du ihn nicht finden«, sagte eine alte Frau. »Dort lebt Johnny Tay. Und Johnny kann Menschen nicht ausstehen.«

Es war eine Sache von wenigen Metern: Wäre Pedros Mutter ein paar Schritte weiter gegangen, hätte sie den Umriss eines Lockenkopfs erkennen können. Aber sie hörte auf die alte Frau, ohne mit eigenen Augen nachzusehen, ob ihr Sohn dort war, und kehrte ins Hotel zurück.

Sie machte sich Vorwürfe und bereute, dass sie nicht früher mit Pedro gesprochen hatte. Bis zum frühen Morgen fand sie keinen Schlaf, weil sie die ganze Zeit grübelte, wo Pedro sein könnte, und sich ausmalte, was für schreckliche Dinge ihm zugestoßen sein könnten.

In jenem Augenblick, als die Mutter vor dem Haus stand, war Johnny Tay gerade dabei, für Pedro ein Bett herzurichten. Zum Glück hatte er keine Hakenhand. Vielleicht war er in Wirklichkeit gar kein Pirat.

Er war schwarz und ziemlich dünn, hatte ein paar graue Haare und schmale Augen wie ein Asiate. Im Schein der Gaslampe konnte Pedro erkennen, dass er ein feines Profil und eine imposante Nase hatte.

Hat man je von einem Piraten gehört, der seinen Gästen das Bett macht?

Von Nahem betrachtet schien er kein übler Kerl zu sein. Ihm fehlten das Holzbein, der Hut, die Augenklappe und der Bart. Sein Gesicht war glatt wie das eines Kindes. Vermutlich hatte er noch nie einen Bart getragen, nicht einmal einen Schnurrbart. Aber er hatte einen Papagei. Einen alten, kahlen Papagei mit einem kaputten Schnabel. In seinem ganzen Leben hatte Pedro keinen so hässlichen Papagei gesehen. Ehrlich gesagt hatte er überhaupt noch nie einen Papagei gesehen. Nur in Büchern, im Fernsehen und in Filmen.

»Willst du da stehen bleiben und mir bei der Arbeit zusehen, oder hilfst du mir?«, fragte Johnny.

»Ja.«

»Was, ja?«

»Ja, *Captain*«, sagte Pedro.

Johnny lachte schallend. »Du bist ein witziger Kerl«, sagte er. »Hast du Hunger?«

Pedro wusste nicht, was er antworten sollte. Er hatte einen Mordshunger, weil er seit dem Vormittag nichts gegessen hatte, und jetzt war es fast Mitternacht. Aber was wollte ihm dieser verrückte Alte schon zu essen geben?

»Ich habe keinen Hunger. Danke.«

»Aber ich. Dieser Fisch ist sehr gut. Wir nennen ihn *Alter Drache*, weil seine Haut ganz ledrig ist. Der wird dir bestimmt schmecken. Ich heiße übrigens Johnny. Johnny Tay.«

Pedro gab ihm die Hand und stellte sich vor: »Pedro Flórez. Du hast einen Piratennamen.«

»Nun, vielleicht weil ich ein Pirat bin«, erwiderte Johnny.

»Wirklich?«, rief Pedro und riss die Augen weit auf.

»Na klar. Aber jetzt lass mich mal den *Alten Drachen* abschuppen. Es gibt Reis mit Krebsfleisch, Fisch, gebratene *Breadfruit* und Avocado. *Good*?«

Pedro merkte, wie ihm ein Spuckefaden aus dem Mundwinkel lief.

»*Good*«, sagte er.

»Hast du immer noch keinen Hunger?«, fragte Johnny.

»Doch«, sagte Pedro und schluckte die Spucke hinunter.

DER

BROT
FRUCHT
BAUM

Johnny würzte den Fisch mit einer Currymischung, die er angeblich aus Indien mitgebracht hatte. Dann gab er Ingwer, Bohnen aus dem Garten und Basilikum dazu. Es roch köstlich. Pedro war erstaunt, dass dieser Mann so gut kochte wie seine Mutter. Vielleicht sogar besser. Und das auf einem winzigen Gaskocher, der nur eine Flamme hatte.

Von den verschiedenen Düften wurde ihm ganz schwindelig. Johnny musste es bemerkt haben, denn er schlug ihm vor, sich in der Hängematte auf dem Balkon auszuruhen, während er das Essen zubereitete. »Mach's dir gemütlich«, sagte er und strich ihm über den Kopf, als wäre er ein Chihuahua.

Pedro machte das nichts aus. Johnnys schmutzige Finger mit den langen Nägeln waren sanft. In der Hängematte war es allerdings überhaupt nicht gemütlich. Sandmücken stürzten sich auf Pedros kurze dünne Beine. Fledermäuse flatterten über seinen Kopf. Und draußen im Gestrüpp waren

eigenartige Geräusche von Tieren zu hören, die durchs Gras krochen und durch die Büsche schlichen.

»Johnny!«, rief er nach einer Weile.

»Was ist?«

»Was hört man da?«

»Keine Sorge. Das sind himmlische Geschöpfe.«

»Ratten?«

»Ratten sind auch himmlische Geschöpfe. Was hast du gegen sie?«, fragte Johnny.

»Gibt es Ratten in deinem *Shanty*?«, fragte Pedro und versuchte, sich seine Besorgnis nicht anmerken zu lassen.

»Hoffentlich nicht, denn wenn es Ratten gibt, kommen Schlangen, die sie fressen wollen«, sagte Johnny, als er in die Küche ging, um das Essen zu holen.

Pedro nahm sich vor, diese Geschichte Ulloa und den anderen in seiner Klasse zu erzählen. Er malte sich schon aus, was er sagen würde:»Ich habe mitten im Urwald im Haus von einem üblen Piraten übernachtet. Dort gab es eine Menge Ratten und Schlangen ...« Er würde ordentlich übertreiben. Dann würden sie nie wieder Feigling zu ihm sagen. Nie wieder.

Johnny kam mit zwei Tellern auf den Balkon. »Pflanz dich dort hin und iss«, sagte er in einem Ton, als wäre er der Kapitän eines Schiffs.

Sie setzten sich an einen kleinen quadratischen Tisch. Pedro war so stark geschrumpft, dass Johnny ihn auf den Hocker heben musste. Das war ihm furchtbar peinlich, aber nachdem er den ersten Bissen probiert hatte, vergaß er seine Körpergröße und die Schlangen und Ratten.

Zum Fisch gab es gebratene Kochbananen, Reis mit Krebsfleisch, Bohnen, *Breadfruit* und Avocado.

»Das ist der beste Fisch, den ich in meinem ganzen Leben gegessen habe«, sagte Pedro feierlich.

Johnny ließ erneut sein breites Lachen ertönen, das aus einer tiefen Höhle zu kommen schien und die Blätter an den Bäumen erzittern ließ. Aber diesmal bekam Pedro keine Angst, sondern wurde von Johnnys guter Laune angesteckt. Unbekümmert lachte er eine ganze Weile, während er in seinem Rücken den Gesang des Meeres hörte. Es fühlte sich an, als würde eine unsichtbare Feder seine Füße kitzeln.

Als er nicht mehr lachen musste, fragte er Johnny mit vollem Mund: »Bist du wirklich ein Pirat?«

»Auf dieser Insel stammen wir alle von englischen Piraten ab. Sie sind unsere Vorfahren.«

»Sind alle Piraten schlechte Menschen?«, wollte Pedro wissen.

»Überall gibt es gute und schlechte Menschen. Sogar unter den schlechten Menschen gibt es gute und unter den guten schlechte«, sagte Johnny.

»Das verstehe ich nicht.«

»Dass du das nicht verstehst, wundert mich nicht«, sagte Johnny.

»Das verstehe ich auch nicht.«

»Sag ich doch«, gab Johnny zurück.

Nun verstand Pedro überhaupt nichts mehr. Er versuchte, die Frage anders zu stellen. Vielleicht würde Johnny sich dann klarer ausdrücken.

»Gab es hier viele Piraten?«

Johnny antwortete, während er die Fischgräten abnagte: »Allerdings. Hast du schon mal was von dem Piraten Morgan gehört?«

»Nein, nur von Jack Sparrow.«

»Den kenne ich nicht. Jedenfalls war Morgan auf dieser Insel. Der größte Pirat der Karibik. Angeblich sind alle seine Schätze hier versteckt.«

»Hat sie niemand gefunden?«

»Nein, niemand. In diesem Paradies lässt dir das Leben für so etwas keine Zeit. Außerdem würden wir uns alle nur um den Schatz streiten, wenn wir ihn finden würden. Glaub mir, es ist besser, ihn nicht zu finden.«

»Denkst du, jemand hat ihn vielleicht entdeckt, aber nichts gesagt?«, hakte Pedro nach.

»Das ist möglich. Aber wenn der Finder nichts erzählt, werden wir es niemals erfahren.«

»Was machst du eigentlich den ganzen Tag?«, fragte Pedro nach einem Moment der Stille.

»Nichts.«

»Du machst nichts? Das ist ja genial!«

»Hat dir die *Breadfruit* geschmeckt?«, fragte Johnny.

»Die ist total lecker«, antwortete Pedro mit vollem Mund.

»*Breadfruit* heißt übrigens Brotfrucht. Auf dem höchsten Punkt der Insel steht ein Brotfruchtbaum. Der ist über zwanzig Meter hoch, und seine Wurzeln breiten sich über die ganze Insel aus. Manche sagen, dass der Brotfruchtbaum der Herr der Insel ist. Vögel und andere Tiere fressen seine reifen

Früchte, die er in der Trockenzeit verliert. Mit seinen Blättern kann man verschiedene Krankheiten heilen. Und die Brotfrucht schmeckt nicht nur köstlich, sondern ist auch sehr nahrhaft. Ein fantastischer Baum. Die Menschen hier auf der Insel verdanken ihm viel. Niemand würde es wagen, ihm Schaden zuzufügen.«

»Hast du schon mal daran gedacht, dass der Schatz unter dem Baum vergraben sein könnte?«, fragte Pedro mit großen Augen.

»Wenn er dort versteckt ist, werden wir es nie erfahren, weil der Baum der Herr der Insel ist. Seine Wurzeln halten die Insel zusammen. Seine Früchte ernähren uns, und seine Blätter machen uns gesund. Der Brotfruchtbaum ist selbst ein Schatz.«

»Aber kann man nicht einfach ein kleines Loch graben und die Truhe rausziehen?«, fragte Pedro.

»Ich glaube, der Brotfruchtbaum ist mehr wert als eine Truhe voller Juwelen. Aber Schluss jetzt. Von deinen Fragen wird mir ganz schwindelig«, brummte Johnny und zündete seine Pfeife an. »Ab ins Bett!«

»Jetzt weiß ich's!«, rief Pedro. »Der Brotfruchtbaum ist ein heiliges Wesen.«

Johnny sah ihn mit seinen schmalen, geheimnisvollen Augen an.

»Fast so heilig wie die Fledermaus, die auf deinem Rücken sitzt.«

Pedro sprang auf und stieß einen Schrei aus, der sicherlich meilenweit zu hören war. Johnny lachte lauthals und sagte: »Es ist besser, wenn du unter dem Moskitonetz schläfst.«

Sie gingen ins Haus, und nachdem Johnny Pedro geholfen hatte, unter das Netz zu kriechen, stieg er die Treppe ins obere Stockwerk hinauf, wo sein eigenes Bett stand.

Die Luft war heiß, stickig und klebrig. Die Sandmücken schwirrten um das Moskitonetz und suchten ungeduldig nach einem Loch, durch das sie schlüpfen könnten. Pedro musste aufs Klo, traute sich aber nicht, es Johnny zu sagen. Im *Shanty* hatte er keine Toilette gesehen. Er hatte Angst, mitten in der Nacht nach draußen zu gehen.

Die Gaslampe brannte noch. Pedro wälzte sich im Bett hin und her und kam nicht zur Ruhe. Die ganze Zeit hörte er Tiere herumschleichen. Draußen raschelte es im Gras, und in der Hütte knarzte das Holz.

DIE GESCHWÄTZIGE

victoria

»Was hört man da?«, fragte Pedro erschrocken.
»Jetzt schlaf endlich, wird's bald?«, brummte Johnny in seinem merkwürdigen Spanisch.

Pedro zog sich das Betttuch über den Kopf. Das Sirren der Sandmücken, die feuchte, stickige Luft, der knarzende Boden und die unsichtbaren Bewegungen im Gebüsch und in den Bäumen ließen sein Herz pochen.

Allmählich wurde die Hitze unerträglich. Er war schweißgebadet. Ihm war, als wäre sein Körper der Himmel, aus dem es in Strömen auf die Betttücher regnete. Er stellte sich vor, er würde immer stärker schwitzen und schließlich wie auf dem Meer in seinem eigenen Schweiß kentern. »Zum Glück kann ich schwimmen«, dachte er.

Die Sandmücken hatten ein Schlupfloch im Moskitonetz gefunden und zerstachen seine Beine, seine Arme und seine Stirn. Er schloss die Augen und versuchte zu schlafen, aber nun sah er Wölfe, Jaguare und riesige Echsen vor seinen Augen vorbeilaufen. Pedro erschien die Angst immer in der Gestalt von Tieren, die groß wie Lastwagen waren und ihn zu überfahren drohten. In der Ferne hörte er das Meer rauschen. Die Gaslampe leuchtete nur noch ganz schwach. Auf einmal fühlte er sich allein, sehr allein, und er begann zu weinen.

»Baby«, hörte Pedro eine Stimme sagen. Sie kam näher und sagte noch einmal: »Baby. Baby. Baby.« Aber es war nicht Johnny. Es klang wie die quäkende Stimme eines kleinen Kindes. Pedro sah nach oben. Auf einem Balken über ihm hockte der Papagei und beobachtete ihn mit seinen tellergroßen Augen.

Pedro wischte sich mit seinen schmutzigen Händen die Tränen weg und rief: »Miststück!«

Der Papagei äffte ihn mit seiner schrecklichen, kreischenden Stimme nach: »Miststück! Miststück! Miststück!« Dann heulte er wie ein verzogenes Kind.

Weil Pedro nicht wollte, dass Johnny aufwachte, versuchte er, ihn zu trösten: »Ruhig, kleiner Papagei, alles wird gut. Entschuldigung. Ich wollte dich nicht anschreien.«

Mit einem Satz landete der Papagei neben Pedro, dem nichts anderes übrig blieb, als das Moskitonetz zu öffnen und ihn reinzulassen.

»Ich heiße Victoria.« Die Papageiendame saß so dicht neben Pedro, dass ihm ihr ekliger Geruch in die Nase stach.

»Sag mal, badest du nie?«, fragte Pedro mit einem angewiderten Gesicht.

»Nein. In den letzten dreihundert Jahren kein einziges Mal. Warum?«

»Ich bade auch nicht gern, aber dreihundert Jahre? Lebst du schon immer hier?«

»Ich kam mit dem Großvater des Großvaters des Großvaters des Großvaters von Johnny hierher«, sagte Victoria. »Er hieß John Taylor und wurde ebenfalls Johnny Tay genannt. Er war Engländer, stammte aus der Stadt Bristol und hatte solche Barrakuda-Augen wie du. Er heuerte als Koch auf der *Black Skull* an, einem Piratenschiff, weil er jung und arm war und weil er kochen konnte. Sein *Black Pudding* war hervorragend.«

»Was ist das?«, fragte Pedro.

»Ein Gericht, das aus frischem Blut zubereitet wird.«

»Wie eklig!«

»Nein, wirklich köstlich. Der Ururgroßvater des Ururgroßvaters von Johnny hatte die Aufgabe, die betrunkenen Männer vom Rum fernzuhalten, damit sie nicht wütend wurden. Ein wütender Pirat ist nämlich äußerst gefährlich. Wenn ein Pirat wild wird, muss er sich etwas abschneiden.«

»Abschneiden?! Was denn?«

»Ein Körperteil, was sonst?« Victoria verdrehte die Augen.

»Ein Körperteil?«

»Ja, einen Arm, ein Ohr, ein Bein, einen Finger, eine Hand ... Kapiert?«

»Ja, ich hab's kapiert. Aber sag mal, ist Johnny ein Pirat?«, fragte Pedro und bemühte sich, seine Angst zu verbergen.

»Das wirst du morgen erfahren«, sagte Victoria und ließ wieder ihr schreckliches Lachen erklingen. Dann erzählte sie weiter: »Der Großvater des Großvaters des Großvaters des Großvaters gab immer einen Schuss Branntwein ins Essen. Sein gefüllter Schinken war wunderbar. Seine Austern auch. Köstlich.«

»Hast du dich nie gelangweilt?«

»Selten. Nur wenn es eine Messerstecherei gab und jemand verletzt wurde. Ich hasste es, wenn ich mit Piratenblut bespritzt wurde. Piratenblut ist nur gut, wenn man es kocht. Als Morgan eines Tages Fleischeintopf aß, fand er einen goldenen Ohrring.

John's Taylor
Shrimp Cake

Widerlich. Am Tag zuvor hatte Perkins ein Ohr verloren. Deshalb wussten wir, woher der Ring kam. Es war ein Jammer. Der Eintopf war so gut, aber ich konnte nicht weiteressen. Perkins hatte nämlich sehr große, schmutzige Ohren. Früher hat man nicht so ein Trara um die Sauberkeit gemacht wie heute.«

»Sicher«, sagte Pedro, um nicht den Faden zu verlieren.

»Es war so, dass ich den Großvater des Großvaters des Großvaters ...«

»Erzähl weiter!«, unterbrach Pedro den Papagei.

»Der Johnny Tay vor dreihundert Jahren war ein enger Freund von Captain Drake. John Fitzgerald Robinson Drake. Sein Name war länger als seine Beine, denn man könnte ihn als Zwerg bezeichnen. Ja, er war wirklich ein Zwerg.«

»Ein Zwergencaptain?«, fragte Pedro.

»Gott bewahre, nein, sag so etwas nicht«, erwiderte Victoria. »Er war ein großer Captain. Alles, was er im Kleinen hatte, hatte er auch im Großen. Verstehst du?«

»Nein«, sagte Pedro.

»Captain Drake war ein großer Captain mit einem großen Herzen und viel Humor. Dass er nur einen Meter dreißig groß war, war nicht wichtig, weil er als Mensch groß war. Er brauchte einen Schemel, wenn er am Ruder stand. Er hatte ihn immer dabei, sogar auf dem Klo.«

»Woher weißt du das?«, fragte Pedro.

»Es gibt Dinge, die sind von höherer Logik«, erwiderte Victoria.

»Gibt es eine niedere Logik?«, fragte Pedro.

»Hör mal, du stellst ziemlich viele Fragen«, sagte Victoria ungeduldig. »Wenn du mich nicht ausreden lässt, erzähle ich nicht mehr weiter.«

»Alles klar.« Pedro drehte sich zur Seite, um endlich zu schlafen. Er tat so, als würde er schnarchen, aber Victoria plapperte einfach weiter:

»Taylor, oder besser gesagt der Großvater des Großvaters des Großvaters des Großvaters von Johnny Tay, schloss sich also dem Piratenschiff an, das auf dieser Insel landete, um einen Schatz von mehr als Hunderttausend Silber- und Goldmünzen zu suchen. Aber Reichtum interessierte ihn nicht die Bohne. Er wollte das Meer sehen, kochen und Freunde finden. Das Problem war, dass die Fahrt über den Atlantik nicht so verlief, wie der junge Mann es sich vorgestellt hatte. Keiner der Piraten wusste, wer die Schatzkarte besaß. Die Fahrt wurde immer unangenehmer, obwohl John Taylor Freunde gefunden hatte, mit denen er Armdrücken machte, sich betrank und um Geld wettete.«

»Wie in meinem Traum«, sagte Pedro.

»Denk bloß nicht, dass die Reise irgendetwas Traumhaftes an sich hatte. Das Trinkwasser wurde knapp. Die Lebensmittel gingen zur Neige. Die Piraten prügelten sich und hatten einander bereits zwei Ohren, drei Augen, ein Bein und neun Finger ausgerissen. Aber sie stritten immer weiter. Der Vorfahr von Johnny Tay war ein friedfertiger, groß gewachsener Mann mit blauen Augen und blonden Haaren. Ungefähr siebzehn oder achtzehn Jahre alt. Er stritt mit niemandem. Außerdem kochte er göttlich, deshalb mochten ihn alle. Nur mit White hatte er ständig Ärger. Der wurde immer unberechenbarer, weil er immer mehr Münzen haben wollte und nicht genug davon kriegen konnte. Viele hatten Angst vor ihm. Die Schwächsten wurden seine Freunde, weil sie schwach waren, und nicht, weil sie ihn wirklich mochten.«

»Und du?«, fragte Pedro.

»Ich?«, erwiderte Victoria.

»Warst du mit White befreundet?«

»Oh ja, sogar sehr gut befreundet. Weil ich eine riesige Angst vor ihm hatte, habe ich nur nette

Dinge zu ihm gesagt und ihm Schinken aus der Küche geholt, sobald er mit den Fingern schnippte.«

»Du bist feige«, sagte Pedro.

»Ich bin nur ein einfacher, alter Papagei, der schon sehr lange lebt. Aber ich erzähl dir noch ein bisschen mehr über John Taylor. Er war ein genauso guter Koch wie der heutige Johnny. Und er war sehr geschickt darin, Wasservorräte anzulegen. Wenn alle glaubten, es würde kein Wasser mehr geben, holte er auf einmal irgendwo welches hervor. Zu jedem Abendessen dachte er sich einen neuen Nachtisch aus: Vanilletorte mit Krabben, Mangoschaum mit Sardinen, Kokoskuchen mit Krebsfleisch.«

»Scheußlich!«, murmelte Pedro.

»Genau, das waren außergewöhnlich köstliche Scheußlichkeiten!«, sagte Victoria. »White aß uns immer den Nachtisch weg. Dieser Rüpel setzte sich vor die Kombüsentür und schnappte sich das Essen mit beiden Händen, bevor es den Tisch erreichte. Er hatte einen riesigen Bauch und einen dichten, roten Bart, in dem immer Puddingreste und Fischschuppen klebten.«

»Wie ein Pirat«, sagte Pedro.

»Stell dir vor, White ist der einzige dicke Pirat, den ich in meinen dreihundert Lebensjahren ken-

nengelernt habe. John Taylor war ein ruhiger Typ. Er war nicht darauf aus, Perlen in kleinen Kisten anzuhäufen. Er mochte das Meer und hatte zwei gute Freunde: Perkins und Dick.«

»Der Kerl mit dem Ohr?«

»Ja, Perkins. Der arme Kerl. Zum Glück war Taylor auch gut darin, aus Segelleinwand Verbandszeug zu machen. So kurierte er Perkins' Wunden. Er lief immer mit einem Eimer Wasser umher, um nach den Schlägereien das Blut wegzuwischen. Er konnte Wunden nähen, Verbände anlegen und

blutende Arme und Beine abbinden. Wenn er nicht kochte, versorgte er die Verwundeten.«

»Wirklich?«, staunte Pedro. »Dabei war ja nicht einmal Krieg!«

»Ach«, erwiderte Victoria, »Piraten haben einen sehr schlechten Charakter. Aber wenn sie liebenswert sind, dann sind sie sehr liebenswert. Tay war der Koch, der Krankenpfleger, und abends erzählte er Geschichten von Prinzen und Prinzessinnen, die sogar harte Kerle zum Weinen brachten. Wusstest du, dass jeder Pirat, der etwas auf sich hält, an die

Liebe glaubt? Ich musste immer über diese starken Männer lachen, die weinten, wenn sie Märchen wie das von Dornröschen oder Schneewittchen hörten. Kahlköpfige Männer, Männer mit wilden Mähnen, tätowierte Männer, Männer mit Narben, Männer, denen ein Arm, ein Bein oder ein Auge fehlte. Trotzdem glaubten sie immer daran, dass sie eines Tages dem Meer den Rücken kehren würden, um die wahre Liebe zu finden.

»Mir ist langweilig«, sagte Pedro und gähnte.

»Eines Tages«, fuhr Victoria fort, »schrubbte Taylor gerade ein paar Blutflecken unter dem Tisch weg, die von der letzten Rauferei übrig geblieben waren, als er White mit seinen Freunden reinkommen hörte. Die Kerle setzten sich auf die Hocker und stützten die Arme auf den Tisch, ihre Füße berührten Taylors zitternden Körper. Er wollte sich aus dem Staub machen, befürchtete aber, sie könnten denken, er hätte sich unter dem Tisch versteckt, um sie zu belauschen. So verharrte er mucksmäuschenstill, hielt den Atem an und hörte, was sie sagten:

›Wir werden Captain Drake und seine kleinen Freunde umbringen‹, sagte White.

›Dick und Perkins?‹, fragte ein Kumpane.

›Genau die‹, antwortete White.

›Und was machen wir mit Johnny Tay?‹

›Der ist einer von ihnen. Er muss ebenfalls dran glauben‹, sagte White.

John Taylor hörte außerdem, dass sie vorhatten, auf die Insel zu fahren, um die Schatztruhe zu suchen und den Captain und die übrige Mannschaft zu töten. Dann müssten sie den Schatz mit niemandem teilen, meinte White.«

»Aber wer hatte die Karte?«, fragte Pedro.

»White und seine Männer wussten, dass entweder Captain Drake, Dick oder Perkins sie haben musste. Aber wer genau, das wussten sie nicht. Deshalb fassten sie den Plan, alle drei nach der Ankunft auf der Insel zu erledigen, die Karte zu stehlen und den Schatz in ihren Besitz zu bringen. Danach wollten sie wieder an Bord gehen.«

»Und was tat John Taylor?«

»Er meldete die Sache Captain Drake und seinen Leuten. Noch am selben Abend verriet er ihnen, was White und seine Männer vorhatten. Selbstverständlich hatte Drake die Karte an einem sicheren Ort verwahrt. Während die anderen ihren Rausch ausschliefen, nahmen sie mitten in der Nacht ein kleines Ruderboot und hauten ab, bevor das Gemetzel losging. Ich schloss mich ihnen an.«

»Um ihnen zu helfen?«, fragte Pedro.

»Zum Teufel, nein. Damit ich weiterhin Taylors Köstlichkeiten essen konnte! Warum wohl bin ich immer noch hier, obwohl dreihundert Jahre vergangen sind? Weil diese Familie einfach perfekt ist. Damals, in jener Nacht, konnte man in der Ferne Land erkennen. Nachdem die vier stundenlang gerudert waren, erreichte unser Boot die Insel im Morgengrauen. Erst dann bemerkten wir, dass dort ein anderes Piratenschiff vor Anker lag. Die schwarze Flagge und die Flagge von Neapel flatterten gemeinsam im Wind. Es waren Salgari und seine Männer. Die furchterregendsten Piraten aller Zeiten. Uns war klar, dass auch die *Black Skull* mit White und seinen Männern bald eintreffen musste. Es würde ein grausames Massaker geben. Das Meer würde sich vom Blut rot färben, und die Piraten würden sich in Fischfutter verwandeln. Wie war es möglich, dass Salgari und seine Leute die Schatzkarte hatten? Das blieb ein Rätsel. Auf jeden Fall waren sie dort. Als die vier Männer im Ruderboot dann auch noch die *Black Skull* heransegeln sahen, waren sie alles andere als begeistert. Sie beschlossen, im Norden der Insel an Land zu gehen.

Etwas landeinwärts, am Fuß des Berges, genau wo unser *Shanty* steht, versteckten sie das Boot im Gestrüpp. Dann schlichen sie vorsichtig hinunter zum Strand und beobachteten das Geschehen aus sicherer Deckung. White und seine Männer befanden sich schon mitten im Kampf gegen die Piraten aus Neapel. Die Bucht wurde von Kanonendonner, Pulverdampf und einem mörderischen Geschrei erfüllt. Das Gemetzel war entsetzlich, und obwohl wir müde und durstig waren, machten wir uns auf die Suche nach dem Schatz. Ehrlich gesagt, begleitete ich die vier nur, weil ich Angst hatte, allein zu bleiben.«

Der

Schatz

Pedro fand es unglaublich, dass Victoria immer weiterredete. Weil ihm vor Müdigkeit die Augen zufielen, hörte er sie nur noch undeutlich. Er war so geschafft, dass er nicht einmal mehr den stechenden Geruch nach faulen Früchten in ihrem Gefieder wahrnahm.

Mit ihrer quengeligen Stimme erzählte Victoria, dass Captain Drake ein zerknittertes, vergilbtes Blatt Papier hervorgeholt hatte, auf dem das Versteck des Schatzes genau eingezeichnet war: »Ein großes, rotes Kreuz markierte den Punkt. Und zwei kleinere Kreuze zeigten an, wo weitere Kisten versteckt waren. Perkins nahm den Kompass, und kurz darauf eilte er mit Drake und Taylor davon, um den Schatz zu suchen.«

Pedro fand die Geschichte gut, aber er kam nicht mehr gegen den Schlaf an. Weil er vor lauter Müdigkeit zu schielen begann, sah er nicht eine, sondern zwei Victorias. Und so schlief er ein, ohne zu erfahren, ob sie den Schatz gefunden hatten oder nicht.

Victoria bemerkte nicht, das Pedro schlief, und quasselte unverdrossen immer weiter auf ihn ein: »Der Schatz war unter dem großen Brotfruchtbaum am höchsten Punkt der Insel vergraben. Als Captain Drake, Perkins, Dick und Taylor den Baum gefunden hatten, stellten sie fest, dass seine Wurzeln die Insel umarmten wie eine Mutter ihr Kind. Deshalb brachten sie es nicht fertig, ihn zu fällen. Stundenlang saßen die vier Freunde auf dem Berg und betrachteten die Landschaft so gebannt, als wären sie von ihr verzaubert. Von dort oben sahen sie in der Bucht die Schiffe brennen und die Überlebenden in den Wald fliehen. Die vier Freunde nahmen einander das Versprechen ab, den Baum zu schützen. Und weil die Insel sie in ihren Bann gezogen hatte, blieben sie hier. Heute gibt es auf der Insel viele Menschen mit dem Familiennamen White, denn auch er konnte seine Haut retten und hatte später zahlreiche Nachkommen.

Captain Drake war der Erste, der sich verliebte: in eine Inselbewohnerin mit Mandelaugen, die ihn um das Doppelte überragte. In einer Siedlung, in der Sklaven lebten, die auf der Baumwollplantage arbeiten mussten, sah er sie zum ersten Mal. Die Handbewegung, mit der sie die Falten ihres Rocks

glattstrich, genügte ihm, um sich in sie zu verlieben. Die Frau sprach eine andere Sprache als er. Sie hatte eine andere Hautfarbe und eine andere Art zu gehen. Verliebt, wie er war, bat Captain Drake seine Freunde, die anderen auf der Karte eingezeichneten Orte zu erkunden. Er hoffte, sie würden einen kleinen Schatz finden, der es ihm ermöglichen würde, Amina freizukaufen. Bei dem Mangobaum, von dem du runtergefallen bist, fanden sie eine kleine Truhe mit ein paar Gold- und Silbermünzen, die sie untereinander aufteilten.

Als die Insel Jahre später von den Spaniern erobert wurde, flohen Dick und Perkins nach Jamaika. Was aus ihnen wurde, habe ich nie erfahren. Ich bin bis zum heutigen Tag bei den Taylors geblieben, beim Großvater des Großvaters des Großvaters des Großvaters und allen seinen Enkeln und Urenkeln.«

Johnny war gerade dabei, ein Rührei zu machen und Kochbananen und *Breadfruit* zu braten, als Pedro die Augen öffnete. In seinem Kopf hörte er noch immer Victorias Stimme. Er war sich sicher, dass es kein Traum gewesen war. Außerdem sieht man im Traum eher bunte Bilder, als dass man jemanden sprechen hört. Pedro wusste nicht sofort, wo er war. Aber Johnnys Stimme holte ihn schnell in die Wirklichkeit zurück.

»*Morning, Captain*«, sagte Johnny, ohne ihn anzusehen.

»*Good morning*«, antwortete Pedro.

»*Hell of good day*«, sagte Johnny. »Komm, es gibt Frühstück. Danach zeige ich dir die Korallenbänke.«

»Danke, aber ich muss meine Mutter suchen.«

»Die werden wir schon finden. Zuerst muss ich das Moped reparieren. Das ist seit Monaten kaputt.«

»Wie kommst du denn ins Dorf?«, fragte Pedro.

»Ich gehe nie ins Dorf. Ich war schon überall, wo ich hinwollte.«

»Wo denn?«

»In Indien, Norwegen, Pakistan, Mexiko, Belize, Malaysia. Iss dein Rührei, bevor es kalt wird.«

»Und was hast du da gemacht?«, fragte Pedro, während er den ersten Bissen in den Mund schob.

»Ich bin herumspaziert und habe anderen beim Herumspazieren zugesehen.«

»Du bist herumspaziert und hast anderen beim Herumspazieren zugesehen?«

»Jaaa«, antwortete Johnny.

Schweigend aßen sie weiter.

»Es schmeckt sehr gut«, sagte Pedro.

»Du hast ja richtig gute Manieren«, nuschelte Johnny mit vollem Mund.

»Dafür sind deine nicht ganz so gut«, dachte Pedro. Aber er sagte nichts.

»Hat Victoria dich schlafen lassen?«, fragte Johnny.

»Victoria?«

»Ja. *Vicky come.*«

Es schien, als hätten Mäuse Victorias Zunge gefressen. Auf dem Tisch türmten sich die Reste des Frühstücks. Pedro begleitete Johnny zum Brunnen, um Wasser für den Abwasch zu holen.

Pedro hatte keine Angst mehr, zum Pinkeln in den Wald zu gehen. Er war über Nacht ein Stück gewachsen und sah jetzt immerhin wie ein Neunjähriger und nicht mehr wie ein Siebenjähriger aus. Er dachte an Captain Drake, der mit seinen ein Meter dreißig Kapitän der *Black Skull* werden konnte. Nach allem, was passiert war, fand Pedro es nicht mehr so schlimm, klein zu sein. Er fühlte sich stark und mutig und auf eine andere Weise groß. So ähnlich wie Drake, der ein großes Herz gehabt hatte.

Als er zum *Shanty* zurückkam, war Johnny gerade dabei, Schnorchel, Schwimmflossen und eine Harpune einzupacken, mit der man unter Wasser Fische jagen kann.

»Lass uns zum Boot gehen«, sagte Johnny.

»Aber meine Mutter ...«

»Alles zu seiner Zeit. Alles zu seiner Zeit.«

Sie gingen bis zum nächsten Haus und von dort ins Wasser. Das Wasser reichte Pedro bis zum Hosenbund. Es war so klar, dass er seine Zehen und die Zehennägel wie durch einen aquamarinfarbenen Schleier sehen konnte. Ein paar Schritte weiter konnte er nicht mehr stehen. Zum Glück war er ein guter Schwimmer.

Plötzlich spürte er ein Kratzen auf seinem Rücken. Er stieß einen Schrei aus und trat im selben Augenblick nach unten. Er dachte, es wäre ein Hai, obwohl er wusste, dass es in den Korallenbänken und in der Nähe des Strandes keine Haie gab. Als er sich umdrehte, sah er einen hechelnden, nach Luft schnappenden Labrador hinter sich herschwimmen. Verdutzt befahl Pedro dem Hund, zum Strand zurückzuschwimmen, aber der gehorchte nicht. Pedro schwamm weiter. Der Hund folgte ihm und klammerte sich an seinen Rücken wie ein kleines Kind, das sich noch nicht über Wasser halten kann und sich an seinen Eltern festkrallt. Weil es wehtat, drehte Pedro sich wütend um und brüllte so laut, dass er selber erschrak: »Los, verzieh dich! Ab zum Strand! Soooofort!«

Er schrie so laut, dass sogar Johnny ihn im Boot weit draußen hören konnte.

»*All good, crab?*«, rief er.

»*All good*«, antwortete Pedro und schwamm zum Boot.

Die Sonne stand schon hoch am Himmel. Es war fast neun Uhr. Pedros Mutter trank lustlos eine Tasse Kaffee. Ihre dunklen Augenringe verrieten, dass sie wenig geschlafen hatte. Ihr Herz raste, sie war nervös und hatte das Gefühl, sie würde jeden Moment wieder in Tränen ausbrechen. Nachdem sie ausgetrunken hatte, ging sie zur Polizeiwache. Die Polizisten hatten bereits erfahren, dass Pedro verschwunden war, und ihn an allen Orten gesucht, wo er hätte sein können.

»Es fehlen nur noch ein paar Häuser in Pueblo Libre und Agua Mansa«, sagte der Polizeichef. »Sie können uns gern dahin begleiten.«

Ein wenig unsicher kletterte die Mutter auf die offene Ladefläche des Polizeiwagens. »Von hier aus kann ich ihn sehen, falls er irgendwo herumläuft«, sagte sie.

Der Polizeichef sah sie besorgt an, sagte aber nichts. Dann fuhren sie in Richtung Pueblo Libre. Hinter ihnen fuhr Howard, der sich der Suche angeschlossen hatte. Pedros Mutter befürchtete das Allerschlimmste. Es wäre ihr niemals in den Sinn gekommen, dass in diesem Augenblick ein Inselbewohner ihrem zehnjährigen Sohn beibrachte, wie man eine Meerbrasse mit der Harpune jagt. Selbst wenn es ihr jemand erzählt hätte, hätte sie sich wohl kaum beruhigt. An Halloween hatte sie, statt an ein Cowboy-, Polizisten-, Fußballer- oder

Superheldenkostüm zu denken, den genialen Einfall gehabt, Pedro als Karotte zu verkleiden. Wie war sie nur darauf gekommen, das könnte witzig oder originell sein? Es war eine jämmerliche Idee gewesen. Das wusste jeder. Während ihr der Fahrtwind ins Gesicht blies, die Sonne auf die Stirn brannte und im Autoradio Calypso-Musik lief, wurde ihr klar, dass auch sie Fehler machte. Ein Fehler war, dass sie ihren Sohn nicht selbst entscheiden ließ. »Ich muss ihm mehr Freiheit lassen«, dachte sie.

Wenn sie gesehen hätte, wie in genau diesem Moment Johnny Tay ihrem Jungen zeigte, wie man eine Harpune am besten in der Hand hielt, um einen großen Schnapper zu jagen, hätte sie ihre Meinung vielleicht sofort wieder geändert und gesagt: »Ich bin die Einzige, die weiß, wie man Pedro erzieht. Ich lasse nicht zu, dass irgendjemand sich einmischt.« Wie oft hatte sie deswegen Streit mit Pedros Vater gehabt. Er meinte, sie würde Pedro zu sehr behüten. Sie hatten sich oft gestritten. Nicht nur über dieses Thema. Sie stritten, weil er Spaghetti essen wollte, sie aber nicht. Weil er zelten wollte, sie aber nicht. Weil er ein neues Auto kaufen wollte, sie aber nicht. Weil sie umziehen wollte, er aber nicht. Weil sie noch ein Kind wollte, er aber nicht. Weil sie wollte, dass er weniger Dienstreisen unternahm, er aber weitermachen wollte wie bisher. Und, und, und. Wenn Menschen Unterschiedliches wollen und es nicht schaffen, sich zu einigen, geht am Ende etwas kaputt.

Traurig und mit nassen Augen dachte Pedros Mutter auf der Ladefläche des Geländewagens über all diese Dinge nach. »Ich muss ihn loslassen, damit er lernt, allein zu gehen«, sagte sie sich.

Sie nahm sich vor, Pedro dies so zu erklären, wie sie es gerade sich selbst erklärt hatte. Er würde es bestimmt verstehen.

Das glück hat das gesicht eines Schnappers

Pedro hatte einen Schnapper gefangen. Er war fast einen halben Meter lang und sah aus wie der Fisch, den sie am Abend gegessen hatten. Wenn seine Mutter seinen von Stichen übersäten Rücken und sein rotes Gesicht gesehen hätte, wäre sie bestimmt umgekippt. Ihm machte es nichts aus, dass sein Körper von der Sonne verbrannt war und er sich das Knie an einer Koralle aufgeschürft hatte. Er konnte sich nicht erinnern, wann er zum letzten Mal so glücklich gewesen war. Nicht einmal als seine Mutter ihm erzählte hatte, dass sie ans Meer fahren würden.

Vor lauter Glück brachte er kein Wort heraus und umarmte Johnny.

Der alte Pirat wehrte sich nicht dagegen und zündete seine Pfeife an, während der Schnapper zwischen ihren Beinen zappelte.»Du hast Arme wie Ruder und schwimmst richtig gut. Ob das wohl davon kommt, dass du rot wie ein Krebs bist?«, sagte Johnny spöttisch und lachte.

Pedros Augen verfinsterten sich.

»Was ist los, Captain?«, fragte Johnny und legte ihm seinen tätowierten Arm um die Schulter.

»Mein Papa. Ich weiß nicht, wo er ist.«

Johnny schwieg. Seine Augen folgten einem Fregattvogel, der mit einem Fisch im Schnabel vorbeiflog. »Hast du die Schildkröte gesehen?«, fragte er dann.

»Ja. Die Barrakudas und den Riesenmanta auch. Und sogar ein Seepferdchen.«

»Dein Vater sollte stolz auf dich sein. Du bist ein mutiger Junge. Denk einfach an nichts anderes als an diesen Augenblick. Du wirst noch genug Zeit haben, dir Gedanken über ihn zu machen.«

Pedro lief der Rotz aus der Nase. Aber hier reichte ihm seine Mutter nicht sofort ein Taschentuch. Hier machten sich die Kinder aus seiner Klasse nicht über ihn lustig und sagten nicht, wie eklig sie das fänden. Hier rauschte nur das Meer, und der Rotz schimmerte in der Sonne wie das Wasser der Karibik.

»Fehlen dir die Menschen nicht?«, fragte Pedro.

»Wenn sie mir fehlen, finde ich sie«, antwortete Johnny. »So wie ich dich gestern Abend unter dem Mangobaum gefunden habe, kleine Krabbe.«

»Und dein Vater fehlt dir auch nicht?«

»Ich hatte nicht das Vergnügen, ihn kennenzulernen«, antwortete Johnny. »Aber ich bin sicher, dass dein Vater dich liebt. Und deine Mutter auch. Vergiss nicht, dass Menschen nicht nur gut, aber auch nicht nur schlecht sind. Wir versuchen alle, im Leben unser Bestes zu geben.«

Auf einmal fand Pedro, dass Johnny sehr weise war. Von seinem *Shanty* sah er das Meer. Er konnte tun, wozu er Lust hatte, und musste nicht in einem Büro arbeiten, stundenlang in endlosen Verkehrsstaus stehen oder jeden Abend die gleichen Fernsehsendungen schauen. Hier gab es Mangobäume, das Meer, den Strand und in genau diesem Augenblick auch den beißenden Geruch eines halb toten Fischs.

Sie setzten die Taucherbrillen auf und schwammen hinunter, um sich die Korallen anzuschauen. Pedro war wendig und schnell, Johnny langsam, aber elegant wie eine Qualle, die durchs Wasser gleitet. Als Pedro eine Nesselqualle erblickte, schwamm er in einem möglichst weiten Bogen um sie herum, damit er nicht mit ihren giftigen Tentakeln in Berührung kam. Außerdem entdeckte er einen Meerwels mit gefleckten Schuppen und weißen Bartfäden. Er sah, dass Aale so ähnlich wie Schlangen aussehen. Er sah einen Fliegenden Fisch über das Wasser gleiten, außerdem eine Zweibindenbrasse, eine Muräne und einen Barrakuda. Er wurde nicht müde, seinem eigenen Atem zuzuhören, so als wäre sein Körper ein Haus in einer schönen Landschaft, in dem im Hintergrund Musik spielte und er sich wohlfühlte.

Nach einer Weile gab Johnny ihm das Zeichen zum Auftauchen. Als sie wieder im Boot saßen, bemerkte Pedro, dass Johnny einen Seeigel in der Hand hielt.

»Roh schmecken sie wunderbar«, sagte Johnny. »Ich habe Salz und Zitronen mitgebracht, damit du probieren kannst.«

»Rohen Seeigel?«, fragte Pedro und machte ein angewidertes Gesicht.

»›Eine köstliche kleine Zwischenmahlzeit‹, hätte mein Kapitän gesagt«, antwortete Johnny und öffnete den Seeigel mit einem Messer.

Während das glibberige Tier sich in seinem Mund auflöste und er unentschieden war, ob er es lecker oder scheußlich finden sollte, blickte Pedro den alten Seelöwen an.

»Wie man Seeigel isst, habe ich in Norwegen gelernt«, erzählte Johnny mit seiner tiefen Stimme. »Ich finde, sie sind genauso lecker wie Kabeljau.« Er zündete erneut seine Pfeife an und fuhr fort. »Vielleicht fährst auch du eines Tages über den Atlantik.«

»Was hast du die ganze Zeit gemacht?«, fragte Pedro.

»Ehrlich gesagt habe ich nie einen Piraten getroffen und auch keine Schätze auf geheimen Inseln geraubt. Aber ich habe Rum getrunken, das Meer kennengelernt, Abenteuerromane gelesen und gefischt. Ich habe in allen möglichen Berufen gearbeitet und dabei gelernt, mehr oder weniger alles zu reparieren.«

»Mopeds zum Beispiel.«

»Richtig«, sagte Johnny. »Mopeds.«

»Kannst du auch ein Boot reparieren?«, fragte Pedro.

»Ja.«

»Und Schiffe?«

»Ja, Schiffe auch«, antwortete Johnny, während er in die Ferne blickte und Rauch in die Luft blies.

DAS WIEDERSEHEN

Unvermittelt warf Johnny den Motor an. Als sie den Strand erreichten, lief ihnen der Labrador entgegen.

»Er heißt Whisky und gehört niemandem«, erzählte Johnny. »Manchmal kommt er vorbei, um nach Essensresten zu suchen.«

Whisky begleitete die beiden zum *Shanty* und wich nicht von Pedros Seite, während Johnny das Essen zubereitete. Sie aßen gebratene Meerbrasse mit Kochbananen und Avocado. Whisky sah ihnen schwanzwedelnd dabei zu.

»Nach dem Essen repariere ich das Moped, damit ich dich zu deiner Mutter bringen kann«, sagte Johnny.

Pedro war traurig. Der staubige Boden, die Spinnweben in der Küche, die Geckos an den Wänden, die Johnny *Squeegees* nannte, das Radio, das die ganze Zeit lief, der verrostete Herd, der verrostete Kühlschrank: All diese Dinge erschienen ihm so vertraut. Victoria würde er ebenfalls vermissen.

»Ich mag dein *Shanty*«, sagte er.

»*Come again*«, erwiderte Johnny, nahm sein Glas Kokoswasser und stieß mit Pedro an. »Ich kann Menschen nicht ausstehen. Doch du bist nett, kleine Krabbe.«

Dann stand er wortlos auf, holte das Werkzeug und ging zum Moped. Pedro schien es, als würde sein neuer Freund seufzen und sich die Augen reiben. Es dauerte nur ein paar Minuten, bis das Moped ansprang.

»Kommst du?«, fragte Johnny. »Wegen dir nehme ich das Opfer auf mich, ins Dorf zu fahren. Nutze die Gelegenheit, bevor ich es mir anders überlege.«

Als Pedro zum Moped ging, waren plötzlich zwei Autos zu hören. Johnny schaute auf einmal sehr ernst. Pedro ebenfalls.

»Es wird Zeit, Kleiner, da kommt deine Mutter«, sagte Johnny.

In diesem Moment flog Victoria durch die Tür, setzte sich auf Johnnys Schulter und sagte zu Pedro:

»Ich hoffe, du kommst zu meinem dreihunderteinunddreißigsten Geburtstag. Dann erzähle ich dir, wie die Geschichte ausgeht.«

Pedro gab Victoria einen Kuss auf den Kopf. Ihr

Geruch störte ihn nicht mehr. Oder er nahm ihn einfach nicht mehr wahr.

Dann sah er seine Mutter. Ein Stück hinter ihr standen zwei Polizisten und Howard. Sie trug ein rotes Kleid und Ledersandalen. Sie sah jung aus. Die Sonne schien ihr gutzutun.

Pedro lief ihr entgegen und umarmte sie lange. Sie hörte nicht auf zu weinen und schien in ihren Gefühlen zu ertrinken. »Ich mag es, wenn du glücklich bist«, sagte er und blickte ohne Angst in ihre Barrakuda-Augen.

Seine Mutter unterdrückte ihr Schluchzen und erwiderte: »Das Meer hat dir gutgetan.«

Dann bemerkte sie seinen nackten Fuß. Hätten ihre Augen in diesem Moment nicht »Wo ist dein Schuh? Los, such ihn!« zu ihm gesagt, wäre Pedro wohl die restliche Zeit des Urlaubs mit nur einem Turnschuh herumgelaufen.

»Wir haben noch vier Tage, um die Insel zu erkunden«, sagte er, während er neben ihr zum Mangobaum lief. »Ich muss dir ganz viel zeigen.«

Als er in den Schuh schlüpfte, drückte etwas an seinem Fuß. Er zog ihn wieder aus, um nachzusehen, was es war. Er stellte sich vor, was für eine Überraschung es wäre, wenn er eine Goldmünze finden würde.

»Was ist es?«, wollte seine Mutter wissen.

»Nichts«, sagte Pedro und steckte seine Hand schnell in die Hosentasche. »Nur eine Goldmünze aus einer dreihundert Jahre alten Truhe.«

»Noch so eine Piratengeschichte«, sagte seine Mutter und strich ihm über den Kopf.

»Stimmt, eine Piratengeschichte«, sagte Pedro.

Als sie zwischen den Bäumen zum Wagen gingen, kam plötzlich Whisky angelaufen.

»Können wir ihn mitnehmen? Bitte, Mama.«

Johnny Tay, auf dessen Schulter Victoria saß, hatte die beiden begleitet. Er umarmte Pedro fest.

»Du bist in meinem *Shanty* immer willkommen.«

Pedros Mutter erkannte, wie eng ihr Sohn und der alte Seelöwe verbunden waren, und hatte eine Idee: »Was haltet ihr davon, wenn wir Whisky nach Bogotá mitnehmen und ihn nächstes Jahr zurückbringen?«

»Ja!«, rief Pedro.

Johnny nickte. »Ich werde auf dich warten, Krabbe«, sagte er und strich über Pedros Kopf, als wäre er ein Chihuahua. An Abschiede war er nicht gewöhnt.

Pedro umarmte ihn. Er war immer noch klein. Sein Kopf reichte gerade bis zu Johnnys Bauchnabel. Aber das war ihm egal. Er wusste jetzt, dass man auf unterschiedliche Arten wachsen kann und es nicht nur böse und nicht nur gute Menschen gibt.

Als sie im Auto saßen, fragte Howard, was die beiden unternehmen wollten. Pedro antwortete in einem Ton, den seine Mutter vorher nicht gekannt hatte:

»Wir fahren auf den Berg und sehen uns den größten Brotfruchtbaum der Insel an.«

»*Aye, aye, Captain*«, sagte Howard und fuhr los.

Nachwort

Die Geschichte von Pedro spielt in Kolumbien, meinem Heimatland. Ich kam in Cali zur Welt, einer Stadt, in der es sehr warm ist. Heute lebe ich in Bogotá, der Hauptstadt des Landes. Sie wird auch »der Kühlschrank« genannt, weil es hier kälter ist als in allen anderen Gegenden Kolumbiens. Bogotá ist von hohen Bergen umgeben, und es leben sehr viele Menschen hier. So viele, dass wir uns wie Sardinen in der Dose vorkommen.

Obwohl mir das Leben hier gefällt, muss ich hin und wieder weg. Zum Beispiel um mich treiben zu lassen, weil ich die alten Wege schon viel zu gut kenne. Dann steige ich in den Bus und fahre in eine andere Gegend. In Kolumbien gibt es kalte und heiße Regionen, Wüstengebiete, Urwald, Meer und Berge. Je nachdem, welches Ziel man wählt, kommt man in den Sommer, den Winter, den Herbst oder den Frühling. Es gibt auch einige schneebedeckte Berge, Ski fahren kann man dort aber nicht.

Dieses Buch spielt auf einer Insel in der Karibik. Sie heißt Providencia und gehört zu Kolumbien. Das Meer dort hat sieben Farben. Wirklich, ich habe es selbst gesehen. Dieses kleine Stück Erde wurde vor langer Zeit von englischen Piraten erobert, die später auch Sklaven aus Afrika herbrachten.

Auf dieser Insel trifft Pedro Johnny, den alten Seemann, der weiß, dass man »erst verloren gehen muss, um sich zu finden«. Die Geschichte von Pedro habe ich mir ausgedacht. Aber Johnny Tay habe ich selbst gekannt.

Als ich ihm zum ersten Mal begegnet bin, fragte ich mich, woher er wohl komme. Er war schlank, hatte sehr kleine Augen, zerzaustes graues Haar, eine sonnengebräunte Haut und einen mir unverständlichen Akzent. Sein breites Lächeln war so offen und aufrichtig wie seine ganze Erscheinung. In seinem entspannten Gang kam er auf mich zu und steckte einen Schokoriegel in meine Jackentasche. Damals hätte ich mir nicht vorstellen können, dass wir Freunde würden. Und schon gar nicht, dass er einer der wichtigsten Menschen in meinem Leben werden würde.

Die Jahre vergingen. Johnny kam regelmäßig nach Bogotá, um Schreibwerkstätten zu leiten. Im Laufe der Zeit sammelte ich weitere Schokoriegel in meinen Taschen und erfuhr immer mehr über ihn: dass er Maschinenbau studiert und die Insel verlassen hatte, um die Welt kennenzulernen, dass er Südamerika bereist hatte und auf einem Schiff nach Dänemark gefahren war, wo er eine Dänin geheiratet hatte.

Aus dem Ingenieur wurde ein Seemann, der am Schwarzen Meer, in Indien, der Türkei, Ägypten und anderswo an Land ging. Eines Tages kehrte er nach Providencia zurück, bepackt mit Geschichten und Gewürzen, die er für all die köstlichen Gerichte verwendete, die er in seiner Hütte am Meer zubereitete.

Vor einigen Jahre hatte ich das Vergnügen, ein paar Tage bei ihm zu Gast zu sein. »Ich lade dich in mein *Shanty* ein«, hatte Johnny gesagt.

Ohne lange zu überlegen fuhr ich hin. Sein winziges, chaotisches Haus war voller Bücher, Kunsthandwerk, kaputter Computer, Flaschen und Gläser mit Obstwein, selbst gemachtem Pflaumenmus, Chutney und Tamarindenwein. Die ganze Zeit lief das Radio. Vom Fenster aus sah man das Meer der sieben Farben.

Dort aß ich Fisch, den er selbst gefangen und auf seinem einflammigen Gaskocher zubereitet hatte. Und dort dachte ich zum ersten Mal, dass Johnny weise war und in seinem Leben immer richtig entschieden hatte, nämlich niemals Herr und niemals Diener anderer Menschen zu sein.

Johnny unterrichtete zunächst Mathematik an der Schule der Insel. Einige Jahre später begann er, Schreibwerkstätten zu leiten, um das auf der Insel gesprochene Kreolisch wiederzubeleben. Die Sprache stammt vom Englischen ab, das die englischen Kolonisatoren vor vielen Jahrhunderten auf die Insel mitgebracht hatten.

Johnny war jemand, der Elektrogeräte reparieren, Geschichten schreiben, kunsthandwerkliche Dinge herstellen oder ein Fischcurry kochen konnte. Er dachte weder in Kategorien noch in Grenzen, oder, um es einfacher zu sagen: Er war immer ein freier Mensch, weil er andere nicht nach ihrer Hautfarbe, ihrem Bankkonto, ihrem Glauben oder ihrer Vergangheit beurteilte.

Johnny brachte mir bei, dass ein Fremder, so fremd er uns erscheinen mag, ein Mensch ist, den wir gern haben können, wenn wir ihn nur nahe genug an uns heranlassen. Jener Johnny Taylor starb im Jahr 2017. In diesem Buch aber lebt er weiter.

Melba Escobar de Nogales, September 2017

Die Autorin

Melba Escobar de Nogales wurde 1976 in Cali, Kolumbien, geboren. Nach einem Literaturstudium an der Universidad de los Andes in Bogotá veröffentlichte sie 2007 ihr erstes Buch, *Bogotá sueña, la ciudad por los niños*. Im Jahr 2010 erschien *Duermevela* und 2015 der Roman *La casa de la belleza*, der in zwölf Sprachen übersetzt worden ist.

Das Glück ist ein Fisch ist ihr erstes und bislang einziges Kinderbuch, auf Spanisch erschien es unter dem Titel *Johnny y el mar*.

Melba Escobar ist auch Journalistin. Sie hat unter anderem Reportagen über Tauchexpeditionen an der kolumbianischen Küste geschrieben. Zudem ist sie Kolumnistin für die kolumbianischen Tageszeitungen El Espectador und El País.

Sie lebt und arbeitet in der Hauptstadt Bogotá und hat zwei Kinder: Matilde und Rodrigo.

Die Illustratorin

Elizabeth Builes wurde 1987 in Medellín, Kolumbien, geboren. Nach einem Studium der Bildenden Künste an der Universidad Nacional de Colombia arbeitete sie zunächst als wissenschaftliche Zeichnerin im Herbarium der Universidad de Antioquia, bevor sie sich der Buchillustration zuwandte.

Im Jahr 2013 gewann sie den Illustrationspreis des Verlags Tragaluz editores, seither hat sie mehrere Bücher für Kinder und Jugendliche illustriert. Elizabeth Builes lebt in Medellín.